« DANCE FOR LOVE »

Pina Bausch

Marie-Agnès Courouble

Le plaisir de la vie n'est fait que de choses impromptues. Elles hachent le temps, se disait Hélène. Elle relevait désespérément ses volets, ouvrait ses rideaux, balançait un sachet de thé dans une tasse recluse sortie à heure fixe. Comme l'aspirateur reclus assigné à d'autres heures, le beurre qui s'assoupit dans le frigidaire, le sel isolé dans sa boîte bleu mer iodé.

La vie s'assourdit dans des habitudes calamiteuses, se répète Hélène quand un jour, un soir, elle écarquille les yeux et s'aperçoit d'une insuffisance et qu'un grand coup de balai dans les heures mauves lui procurerait une exaltation réconfortante.

Mais quoi ! Acheter une autre tasse, en verre, en porcelaine fleurie avec un fantasme chinois dans le fond, flanquer le sel à la poubelle et abuser du poivre ?
Quant à l'aspirateur, le donner à la voisine.

Ou bien : voilà je n'aspire plus. Ne serait-ce que pour le voir s'inquiéter dans le placard et le ressortir un jour comme un fantôme.

Hélène devenait doucement idiote dans un tourbillon de gestes exacts posés à des heures exactes.

Puis elle se dit qu'il ne fallait pas trop bouger le monde, il bouge suffisamment seul. Et souvent mal.
Elle se traita d'égoïste au sein de sa petite existence jalonnée d'occupations quotidiennes où il y avait des trous d'air.

Pourquoi avait-elle envie de s'y engouffrer ?

Pourtant la vie était bonne à prendre. Un mari gentil, très occupé, qui s'efforce de rentrer à des heures normales.
Trois enfants. Ils ont rapporté les diplômes voulus, l'étranger les intéresse, les stages, les retours en flèche et les redéparts en flèche, le temps d'écouter leurs découvertes, leurs combats, leurs désirs, qu'ils en cherchent d'autres. Hélène est installée.

L'heure du travail est passée. Son mari gagne honorablement sa vie. « Sans faire de luxe ».
Il reste les conférences, les apéros sympas, les après-midi de cartes, la gym. Des distractions aussi ponctuelles que la tasse et le sel.

Parfois le désarroi des habitudes la prenait à la gorge. Elle n'y réfléchissait pas mais le SAVAIT.

Il faudrait tout de même consolider sa pensée avec des faits nouveaux, des élans barbares et même quelques terreurs apprivoisées. La lecture du journal suffisait à entretenir celles des autres.

Sa guerre à elle était décidément minuscule.

Sourire au mari qui rentre toujours. Aux enfants épisodiques dont le lit est fait au carré.

Aux amis très fidèles.

Faire semblant de s'agiter dans son coin entre les heures de gym, le ménage et la culture grâce à un monsieur très bien qui a fait revivre la dynastie des Ming.

Elle en parle avec intérêt pendant un quart d'heure.

Le lendemain, regym, lave vaisselle. Il sera rempli dans deux jours.

Hélène était parfaite dans son genre. Rien à signaler. Un coiffeur pas très souvent, une éducation de bon ton, une culture passe-partout, un physique assez courant mais bien tenu, elle se tenait droite et marchait vite. Une attention aux autres. Juste une bêtise de temps en temps du genre :

J'ai perdu mes clefs, la voisine n'est pas là, le serrurier est absent.

Ou bien : Où sont mes lunettes, j'en ai pourtant trois paires.

« Tu es vraiment une femme » disait son mari. Achète un autre sac, celui-là est sans fond.

Elle avait d'autres sacs, une dizaine, aussi profonds les uns que les autres. Sa distraction était tout de même connue.

Pourquoi se sentait-elle verrouillée ?

LE PORT

Le jour où vraiment la lumière d'un désir presque enfantin de changement la taraudait, elle prenait sa voiture et descendait vers le petit port, là elle se baladait, prête à partir dans le bruit des amarres et des drisses.

Elle rêvait sans fin d'un voyage sur ces voiliers de fortune très amochés mais à vif, résolus à prendre la mer au premier vent.

Le quai des bateaux de luxe ne la tentait pas.

Elle longeait ces jeunes dévoyés, s'imaginait à la barre, affalant les voiles, scrutant l'horizon, prête à virer, homme parmi les hommes, les mains rêches non pas des nettoyages mais d'enrouler les amarres, la voix solide, les jambes écartées, plantées, affrontant des ciels noirs ou torrides, des vents crus et arrogants, mais aussi les océans immobiles où la lumière ne se décrit plus, elle vibre, vous accomplit, vous révèle ou vous tue.

Le port, c'était l'idylle.

Elle y débordait. Elle donnait tous les droits au rêve, elle illustrait, embellissait, devenait danse sur les vagues, oubliait la fadeur des gestes petits, une légère brise la portait vers une île, elle devenait île et même la pluie qui voilait l'horizon lui paraissait un élément à violer.

Dans un miracle, Hélène devenait poète, elle écrivait un livre d'interdits. De désirs insoupçonnés.

Tout était permis.

L'âme lointaine, elle reprenait sa voiture, la vie où elle l'avait laissée, claire comme un refrain avec des couplets d'enfant.

Dans le troisième virage, Hélène perdait la splendeur de ses inventions.

Dès l'arrivée sur la gauche du grand magasin, elle savait qu'elle devait acheter des éponges pour la vaisselle et de l'huile d'olive pour la salade.

Dès le dernier tournant, l'appartement l'attendait, simple et rustique.

Il fallait penser au repas du soir. Pourquoi pas une quiche lorraine ? Facile.

Antoine serait content.

Dès le matin elle dit au revoir d'une voix joyeuse à son mari, du balcon où elle a secoué une carpette.

Il a klaxonné en descendant, un amour cet Antoine, d'une humeur égale et sans histoires.

Les histoires, c'est fatigant.

Elle n'avait pas enlevé les poussières de la salle à manger depuis longtemps.

Avec une certaine onction dans le désir de bien faire, elle commença à les nettoyer entre les barreaux. Un fléau.
Dès la quatrième chaise, agacée par leur forme compliquée, elle s'approcha de la porte fenêtre pour guetter un rien de bleu dans le ciel. C'est là qu'elle le vit. Sur le balcon d'en face.

Hélène n'était pas curieuse. Elle s'isolait volontairement des voisins. Leurs voitures, leurs allers retours, leurs discussions sur le parking la laissaient indépendante, presque indifférente.

Ce qu'elle vit de l'autre côté l'intrigua. Un homme aux longs cheveux blancs, d'un âge incertain, semblait osciller sur le balcon et regardait dans sa direction.

Elle ne comprit que lorsqu'elle repéra sa longue-vue qu'il semblait ajuster avec difficulté de façon à voir plus loin.

L'apercevait-il derrière sa porte fenêtre, un chiffon à la main, un peu hirsute des petits matins rapides où la lumière tente de vous attendrir ?

De ce côté les immeubles n'étaient séparés que par un jardin banal où quelques arbres semblaient flotter avec incertitude, fleurir ou pas, comme étrangers aux habitants. Certains chats le traversaient furtivement, pris en faute mais fiers.

L'homme d'en face ne semblait pas rassuré sur son balcon étroit mais il orientait sa longue-vue droit sur Hélène, au-dessus d'elle, derrière elle.

Pensive, elle s'attela à sa sixième chaise, ses fourneaux du moment.

Une femme était venue rejoindre l'homme aux cheveux blancs. Très brune, un peu forte.
Hélène les a suivis du coin de l'œil, elle ressentait une bizarrerie dans le quotidien.

Elle tira les rideaux.

C'était les nouveaux locataires d'en face et elle ne voulait pas sembler curieuse.

L'appartement était resté vide, volets fermés pendant très longtemps.

Dans une sorte d'envie ténébreuse et inexplicable elle abandonna tout ce qu'elle faisait pour descendre sur le port.

Décidément il était son refuge et sa liberté.

Elle allait y manger un sandwich qu'elle s'était préparé, jambon fromage, et irait s'asseoir au bout du quai.

Peut-être qu'Antoine ne la trouverait pas en rentrant. La table pas mise, la télévision éteinte, les poussières pas faites.

Hélène savait qu'il comprenait tout y compris ses folies subites d'indépendance. Antoine s'était apprivoisé depuis longtemps. Elle l'aimait. Elle l'estimait profondément pour sa clairvoyance, sa discrétion, un art du silence qui n'était pas opaque. Il savait qu'elle lui raconterait. Après.

Aujourd'hui Hélène avait envie de donner un peu d'espace à ses fantasmes qui faisaient irruption comme des ouragans.

Les bateaux se balançaient mollement, peut-être abandonnés, le sandwich lui parut particulièrement délicieux mais il n'arrivait pas à la distraire de cet homme aux cheveux blancs cloué sur le balcon d'en face.

Tout à coup elle se souvint d'une amie d'enfance qu'elle écoutait sans fin, déjà avide d'aventures folles.

Celle-là dépassait les autres.
Caroline avait inventé un système qui paraissait sans faille.

Amoureuse d'un jeune ours un peu fou et beau comme un dieu, ils avaient réussi à tendre une ficelle entre les deux fenêtres de leurs appartements et de charmants paniers couraient sur les ficelles avec les mots les plus doux, les plus tendres, les plus sauvages aussi

Une aventure audacieuse, terrifiante. Elle dura des mois.
Connivence, petits secrets, saveur des plus grands secrets, courage indomptable des nuits à attendre le bienheureux panier plus fantastique qu'une demande en mariage.

Jusqu'au jour où ses parents ont repéré l'engin délicieux,
du bas de la rue très aristocratique, et se précipitèrent dans la chambre.

Coup de tonnerre. Il déchire l'amour en mille morceaux.
Tempête et désolation.

Exil dans une pension suisse ennuyeuse et moyenâgeuse d'où Hélène recevait des lettres de désespoir, des idées de suicide minutieux, mais quelle arme choisir ?

Hélène n'en pouvait plus de pleurer, de vivre ce drame, d'en rire avec le temps

Elle marchait dans les rues, le nez en l'air dans l'espoir idiot de voir des paniers amoureux se balancer tristement.

Tout est possible, se disait-elle, assise sur son bout de quai, quand on aime à quinze ans, on se meurt d'amour.

Le jeune homme s'était tué à moto.

Caroline avait finalement épousé avec le haut consentement de ses parents, un homme très bon genre, tout à fait comme il faut.

La journée était douce, presque chaude.

Les jeunes navigateurs ébouriffés ou crânes rasés sortaient comme des lézards des murs, ils partiraient pour la nuit, fiers de bouchonner sous la lune.
Pas une brise.

Les filles se plaindraient du bruit du moteur, ça pue l'essence, ça ronronne toute la nuit, on n'a pas dormi. Mais on est sorti, diraient les garçons.

Les songes virevoltants d'Hélène étaient puissants et joyeux en cette nuit de juin, légèrement imprégnée par l'odeur des frites de l'été sur la plage. Elle ne les sentait
pas, toute à son imaginaire surexcité qui jouait avec l'image du barbon d'en face.

Quand elle rentra plus tard, plus tard que de coutume, elle raconta à Antoine l'histoire de Caroline et de ses paniers. Antoine l'embrassa et lui dit, c'est au moins la trentième fois que tu me la racontes, ma chérie.

Il était préoccupé par une fuite d'eau et manipulait dix pinces différentes en jurant comme un charretier.
Dans ces cas là elle l'adorait et lui faisait sa salade préférée bourrée d'olives, de noix et de pommes. Salé sucré.

Au lit, après avoir fait l'amour un peu à la missionnaire comme disait Antoine quand il était fatigué, elle lui parla du barbon-à-jumelles. Le nouveau locataire d'en face.

Il te regardait, ma chérie, dit-il en riant il ne perd pas de temps, ce salaud. Ne te promène plus à poil. A mon avis, il a une très longue-vue.
Tu me trouves encore belle, lui demanda-t-elle faussement ingénue.
Pour moi, en tous cas. Les autres n'ont qu'à se priver ou se promener sur les boulevards.

Tendre Antoine. Et elle rit dans ses bras.

Tout de même en cirant sa table qui en avait un rude besoin, elle surveillait. La porte-fenêtre était ouverte. Il n'y était pas. Serait-ce une trahison ?

Soudain il apparut en robe de chambre.

Elle se mit à vider et nettoyer le plat de fruits avec frénésie mais elle vit bien qu'il apportait une bassine d'eau sans doute. Il sembla approcher une chaise, s'assit les pieds dans la bassine et sans faire un mouvement regarda au loin, toujours dans la direction d'Hélène.

La femme brune et boulotte lui apporta cette très longue-vue. Avec difficulté il l'ajusta, comme disait Antoine.

Cachée derrière son rideau, Hélène observait, elle se détestait mais tout de même l'immobilité d'un homme les pieds dans une bassine avec sa longue-vue commençait à l'amuser prodigieusement.

Un jour la boulotte brune le trouverait définitivement pétrifié l'œil fixé sur mon balcon, se dit Hélène qui illustrait comme d'habitude.

Elle décida qu'elle irait tous les matins sur le port, les nettoyages lui fauchaient des heures d'illusions. Elle n'écrivait pas mais sentait que ce dernier sortilège soudain relié à l'histoire de Caroline lui donnerait des heures fastes, une possibilité de vivre mieux.

L'obligation des chaises à astiquer et les carreaux éternellement sales lui donnaient des remords quand on ne voyait même plus le jardin moche.

Elle ressentait ou croyait ressentir que l'homme du balcon était unique, et si il n'existait que dans son rêve, elle le créerait, trop paresseuse pour écrire mais amoureuse du rêve.

Après tout, la vie n'est qu'une création si on s'y abandonne, si on laisse tomber l'orgueil d'être ce qu'on attend de vous alors qu'on est une petite fille qui batifole malgré toutes les obligations.

Un jour, elle le dirait à Antoine. Bien sûr il comprendrait en dépit de ses tendances soit disant pragmatiques.

Donc elle descendit sur le port ce jour là encore, ne maudissant pas ses écarts, trouvant une joie saine à écouter la musique des mêmes bateaux languides et pas revernis, à voir sortir les mêmes marins d'eau douce cambrés bronzés mal fagotés, ravis de sortir la nuit pour éblouir les filles.

Pour une fois, Hélène se dit qu'elle aurait dû écrire un livre qui serait un roman de ses enchantements.
Toutes les vies peuvent se ressembler.

L'exotisme ne tient qu'à un fil.

Une histoire pouvait jaillir d'un fait divers, le feu d'une idée se convertir dans un cahier, vibrer dans une chambre, ensoleiller l'existence.

Elle décida de s'acheter un cahier et d'observer plus que jamais l'homme au balcon.

Après tout, elle pouvait illustrer n'importe quoi.

DEBUT DU CAHIER D'HELENE

Agathe tripotait son bic avec exaspération.

Elle se remémorait sans cesse l'histoire presque invraisemblable de son amie caroline et ses paniers qui se balançaient dans la rue au nez des passants nocturnes

Son quotidien commençait à devenir stupide s'il n'y avait eu l'apparition extraordinaire d'un homme. Il semblait l'observer dans tous ses faits et gestes.

Elle se trouva mille travaux à faire sur sa terrasse. Dépoter. Rempoter les fleurs. Couper des fleurs fanées, arroser deux fois par jour le cheveu dans l'œil, balayer sa terrasse dès l'aube.

Il était là, les pieds dans une bassine, scotché à sa longue-vue les yeux fixés sur l'horizon qu'elle s'efforçait de chercher derrière elle.

Agathe commença par s'acheter une robe de chambre plus luxueuse que son vieux Tee shirt sans couleur.

Une robe de chambre plus voyante. Elle ne l'adorait pas mais les orange étaient suffisamment vifs pour un homme qui s'ennuyait à mourir sur son étroit balcon.

Agathe ne faisait aucun signe. Elle oeuvrait, silencieuse et active parmi ses fleurs et ses mauvaises herbes.

Elle ouvrit ses rideaux en grand, secoua ses carpettes du côté du jardin, s'installa sur une petite table où elle se mit à écrire un peu n'importe quoi du genre « Poèmes à l'aube » ou «

Soupe de poissons à la sauvette ».

Elle avait trouvé des titres révolutionnaires qui la mettaient en joie.

« Guerre minuscule » semait la confusion. Non. La guerre était partout et elle n'avait droit à aucune rébellion

.Un jour .elle sentit un peu d'arthrose dans sa main droite. Elle en voulut à l'homme aux cheveux blancs pour toutes les idioties qui la réveillaient tôt alors qu'elle aimait traîner dans la mélasse d'un début de journée.

Elle n'arrivait pas à prévoir un plan qui bougeait cette statue sur un balcon sans bavures, sans une dentelle de pierre, sans fleurs ni même quelques orties en mal degrandir. Un balcon sec. Un homme la suivait comme on suit une fourmi avant de l'occire.

Certains jours elle le trouvait majestueux. C'était l'homme de pierre sur le boulevard de son enfance qui la pourchassait d'un regard creux chaque fois qu'elle passait. Elle avait fini par prendre un autre chemin pour éviter celui qu'elle traitait de « vieux débris de la guerre dépassée ».
Un soir, elle jetterait un caillou sur ce regard de faune victorieux.

Bien plus tard elle lui avait tout de même trouvé une certaine noblesse.

Les yeux fermés, elle digérait mal son petit déjeuner trop vite expédié. Elle se disait que l'histoire des paniers était trop incroyable, que son écriture aux titres infernaux n'avait aucun intérêt, qu'il fallait d'une manière ou d'une autre, par la torture ou une invitation perverse, remuer cet intrus.

Mais elle ne trouvait rien. Les paniers de Caroline étaient aussi usés que la guerre de cent ans.

Quand Antoine rentra le soir et lui demanda si elle était contente de sa nouvelle table sur la terrasse derrière, Hélène lui dit simplement :

J'écris l'histoire de l'homme au balcon.

Tu n'as jamais écrit, bonne idée. Mais tu ne le connais pas cet homme !
Justement, j'invente.

- Tout est possible, dit Antoine qui ne s'embarrassait jamais, ça t'occupe. De toutes façons j'aime bien une table sur cette terrasse-là. On pourra y diner le soir.

Tu sais je n'écris pour personne.
Pour toi c'est suffisant.

Elle ne dit plus rien, sourit, cache son cahier dans sa commode sous ses soutien-gorge et ses slips comme une voleuse.
Antoine n'aurait certainement pas envie de le lire, il ne lisait que les journaux après son travail éreintant.
J'ai une faim terrible.

Tout est prêt, dit Hélène, je t'ai fait un vrai plat d'été, un potage froid au pistou.
Tiens ?

Il le mangea de bon appétit.

Hélène décida qu'elle descendrait sur le port tous les jours en fin de journée pour y pécher des idées, y corseter ses élucubrations.

C'est ce jeudi, véritable jour de fête qu'elle trouva une idée obsédante, un délire. Elle la nota immédiatement sur son carnet :

« Agathe et le caillou ».

SUITE DU CAHIER D'HELENE

Agathe avait toujours été très habile et délurée. Au handball, dans l'usine où elle avait travaillé, elle mettait les meilleurs paniers, tirait comme une diablesse. On l'applaudissait. Bravo Agathe. Encore un but !

Au ping pong elle surprenait tout le monde, même ceux qui se croyaient les plus forts.

Perfide, elle les laissait gagner jusqu'à ses derniers coups au ras du filet, des balles qu'elle maintenait pour la fin, dans une victoire très humble.

Parfois elle imaginait qu'un jour sur la route, elle pourrait s'exercer à envoyer des cailloux inoffensifs sur un balcon. Tout en marchant dans la montagne d'un grand coup de pied elle les envoyait loin, elle se faisant un match pour elle seule.
La vie serait belle s'il n'y avait pas ce regard juste en face.

Agathe se souvenait aussi de sa rapidité du temps où ils avaient un voilier.
L'arrivée au port. La voix de son mari criant comme il n'avait jamais crié.

- Vite ! Envoie l'amarre !

Elle la lançait, sautait, l'attrapait dans un bond de voltigeuse puis très fière, regardait le voilier se fixer royalement entre deux bateaux fermés depuis des mois.

Elle était jeune. Elle adorait voir son mari barbu après quinze

jours de mer, poilu comme un singe, le ventre à l'air avec de grandes mains qui enroulaient les voiles comme un prestidigitateur.
Elle l'appelait le magicien des mers, ce qui le faisait rire, ensuite ils buvaient du rouge et mangeaient des sardines, heureux comme des dieux.
Tu sais que tu es adroite et rapide, lui disait-il.
Heureusement pour toi.

Agathe était fière d'elle tandis qu'elle s'entraînait à lancer des cailloux sur des balcons imaginaires.
Hélène n'avait jamais été ni sportive ni habile, plutôt frileuse en tout.

Ses audaces se limitaient en notes furtives écrites à la sauvette sur des vieux cahiers.
Elle avait peur de tout, y compris de l'orage. Elle s'abritait sous sa couverture, ce qui réjouissait Antoine.

- Un jour, il te tombera sur les pieds, ne serait-ce que pour te narguer.

Elle avait trouvé dans sa vie quotidienne et rangée toute la sécurité du monde. Un mari qui la distrayait par des moqueries légères sur ses craintes.

Après tout, faire le ménage benoîtement, lui préparer des plats délicieux, faire des courses en baladant un sac en plastic multicolore, s'arrêtant devant des boutiques qui s'ouvraient chaque jour, n'était-ce pas suffisant ?

Mais depuis qu'elle avait créé Agathe, elle vivait une double vie qui l'enchantait confusément, comme on se passionne pour un jeu dangereux.

Au bord du quai, dans les odeurs mêlées du port, elle cherchait une suite à son histoire, elle sondait les mystères d'Agathe inventée dans ses abus, ses folies qui la réconfortaient, ses habitudes un peu idiotes interrompues par une surveillance.

Nonchalamment, presque sans s'en apercevoir, elle devenait Agathe, pensait comme Agathe, inondait ses heures libres du soleil d'Agathe.
Elle devenait cette femme libre aux cheveux sombres qui marche avec une fausse discipline, s'active audacieusement et ressemble aux héroïnes de ses livres, des Russes farouches dont elle rêvait dans ses notes hâtives, des femmes à la démarche fière, tumultueuses, incandescentes, s'emportant pour un rien, dévastant le monde dans un sourire.

Elles avaient la conquête au cœur, peu importe laquelle, un acharnement de guerrières. On pouvait lire et relire ces romans fougueux où les femmes sidèrent, fascinent, entraînent derrière elles l'admiration des hommes ou des femmes dévorées de jalousie mais tout de même attirées par un feu, un danger permanent, une source éternelle de passion.

Elle possédait bien Hélène, cette Agathe fabriquée de vieux souvenirs amorcés par la valse des paniers.
Les voiliers quittaient le port, le crépuscule s'annonçait dans une sorte de rose fané, elle le distinguait moins, préoccupée par la construction d'une femme.

Sa voiture démarrait, c'était Agathe qui démarrait en trombe, ouvrait sa fenêtre, s'allumait une cigarette, fonçait dans les feux oranges, remontait dans la hâte de retrouver le balcon d'en face, de déchiffrer un malaise, comme un théâtre impromptu où l'homme envisageait le crime pour s'élancer dans un ciel plus intense.

Mais Hélène, elle, remontait prudemment, bloquée dans des bouchons de voitures, distraite dans les feux oranges. On klaxonnait derrière elle.

Elle ne dépassait pas le 50, se fustigeait d'avoir oublié le pain.
Pauvre Antoine qui ne pouvait pas manger sans pain.

Elle rentra chez elle , épuisée de ne pas être Agathe. Antoine lisait son journal.
Tu as vu les nouvelles du jour, lui demanda-t-elle un peu stupidement.
Mauvaises. Je ne suis pas sûr de garder mon job. Elle l'entoura de ses bras, le cajola.
Tu sais, je pourrais vivre dans une masure avec toi. Antoine sourit, sage, simple comme toujours.
Ton roman avance ?

Je prends des notes. J'imagine une autre femme.

Et l'homme ?

Il n'avait pas oublié.

Se méfier d'Antoine. Il devine tout sous ses apparences de loueur-vendeur d'appartements.
Cette femme trépigne en moi, elle m'agace mais je l'adore, je voudrais lui ressembler.
Tu es toi et tu me plais, dit Antoine qui replonge dans son journal de chiens écrasés. Il ne faut pas lui demander de réfléchir, d'ailleurs, avant Agathe et l'homme d'en face, Hélène rêvait toute seule dans son désert, bonne épouse, bonne mère (avec tous les défauts de celles qui apprennent à l'être, se trompent et se jurent de ne pas recommencer) bonne ménagère fidèle au poste et reconnaissante à Antoine pour sa patience, ses

rondeurs d'homme confiant.

A propos, qu'est-ce qu'on mange ?

Hélène rit, retourne dans sa cuisine et se dit que pour une fois elle ne savait pas ce qu'elle allait cuisiner, elle fouilla dans le frigo, trouva quelques pommes de terre un peu vieillies, heureusement il y avait de la crème fraîche.

Alors dit Antoine qui avalait sans rien dire les pommes de terre farineuses, qu'est-ce que tu inventes réellement, un désespéré, un voyeur, un vieux sage en ébullition parce qu'il a découvert sur le mur de notre immeuble une fresque Vénitienne ?
Tu as de bonnes idées dit Hélène surprise, non, c'est toujours un autre qui agit et pense à sa place.

Et ton Agathe est comment ?

Il s'est consolé de l'absence de pain avec la crème fraîche, en barbouillant son jambon.
Hélène est écoeurée mais lui confie tout de même la femme de son roman.
Tu en tomberais amoureux.,Intéressant.
Elle est belle, aventureuse, elle aime le risque.

Est-ce qu'elle fait le désert en 4/4, est-ce qu'elle a escaladé l'Himalaya ta femme courage ?

Ne te moque pas. Je suis la comtesse de Ségur à côté d'elle.

Justement, j'aime ta douceur, tes craintes. Ces diablesses me font peur.

Arrête Antoine ! Ce n'est pas du roman rose, c'est un drame.

Alors écris-le, écris une tragédie grecque, délire un peu.

Hélène a un pauvre sourire, heureusement qu'elle l'aime ce type sans aspérités, il ne comprendra jamais Agathe. Elle ne lui dira pas le mystère de ce double qui imprègne ses journées, la fascine jusqu'à vouloir devenir la même.
Finalement Agathe est rousse, très frisée, les cheveux aux épaules, songe Hélène dans les bras d'Antoine.

Il est beau quand il dort, il s'endort toujours vite, elle l'embrasse doucement, il se retourne, Hélène aussi. Agathe la rousse entre en elle.

SUITE DU CAHIER D'HELENE

La vie devenait infernale. Agathe venait de quitter un amant qui l'ennuyait affreusement. Elle l'avait gardé quelques temps pour ne pas sombrer dans la peur de la solitude.

Elle secoua sa vertigineuse chevelure, mit ses lunettes de soleil et s'installa hardiment debout sur son balcon pour surveiller l'arrivée de l'homme. Son peignoir chamarré devait allumer l'œil. Elle attendait comme un oiseau guette sa proie les mains sur le bord de sa terrasse et fixait sans relâche l'appartement suspect.

Ce jour là, la porte fenêtre du troisième étage resta fermée. La terrasse était vide. Il devait être dans sa chambre, les pieds dans sa bassine, abandonné par l'ignoble brune qui était partie gaiement faire ses courses.

Une journée de perdue se dit Agathe.

Elle décida d'aller faire une partie de pétanque. Elle visait juste. Ses balles choquaient dans un bel éclat net. Les équipes se battaient pour l'avoir.

Agathe avait horreur de perdre. Toujours chaleureuse avec sa rousse tignasse elle rejoignait ceux qui buvaient un verre au bar, se faufilait auprès du plus bel homme même s'il n'était pas sexy. On entendait son rire éclatant, un rire de gorge comme celui de certaines femmes de théâtre et repartait à grandes enjambées comme toujours.

Elle n'avait pas complètement perdu sa journée.

Son lit vide lui sembla royal. A minuit, complètement éveillée, elle eut envie de se relever, bouscula ses livres par terre, releva sa persienne et ouvrit la porte fenêtre.

En face, il y avait une mince lumière comme filtrée par un abat-jour de couleur pâle.

L'homme aux cheveux blancs était debout, avec sa longue-vue il semblait regarder le ciel sans lune, seul.

Et triste, se dit Agathe qui referma sa porte violemment, se battit avec son oreiller et resta sans dormir comme si un fantôme la tracassait avec un sourire pauvrement ironique.

Hélène songeait.

Et si elle créait une Agathe d'une profondeur insoupçonnée, d'une beauté vraie, une Agathe moins truquée, traversée par des vents contraires comme les vieux bateaux du port, voiles affalées dans le danger puis redressées et rebelles pour défier la mer.
Une Agathe qu'elle retrouve par des chemins détournés. Les labyrinthes d'un cœur plus blessé qu'il n'y paraît.

Hélène a peur de cette femme échevelée qui la nuit commence à l'assaillir, ni triomphante ni victorieuse, ni championne, mais qui avance masquée.

Fabriquée morceau par morceau elle devient une sorte de femme puzzle.

Ce matin elle arpente le port au lieu de s'asseoir. Elle n'a pas vu l'homme, d'ailleurs avait-elle envie de le voir ?

C'est Agathe maintenant qu'elle surveillait au fond d'elle-même, cette femme capable de tout, qui la suit dans ses gestes quotidiens si petits.

Le souffle, la vigueur, la douleur déguisée d'Agathe la poursuivent dans une vision étrange, elle l'aperçoit à la proue d'un bateau romantique et solitaire.

Agathe observe le balcon d'en face comme on observe un horizon barré d'une question. Qui est cet homme ? Va-t-il enfin se tuer ou voyager perpétuellement au ciel. Cherche- t-il jour après jour la femme multicolore qui se dépense en gestes inutiles pour intriguer à distance.
Cette nuit Hélène en a fait un cauchemar, réveillée en sueur, aux abois depuis qu'Agathe surveillait l'homme de la nuit. Elle s'est levée si brusquement qu'Antoine s'est réveillé.

Pardonne-moi, un cauchemar.
Prends un somnifère, dit Antoine englouti dans le sommeil.

Elle en a pris. Elle s'est blottie derrière son dos. Agathe s'est évanouie jusqu'à cahier du lendemain.

SUITE DU CAHIER D'HELENE

Agathe avait des amants, une vie libre.

Elle travaillait dans une agence de voyages, conseillait les pays les plus lointains pour des prix imbattables.

On adorait s'adresser à elle. Elle vous amenait tout en souplesse à visiter les plus belles villes du monde, les îles les plus mystérieuses alors qu'elle voyageait peu et ne trouvait que dans les livres, l'inconnu dans lequel elle s'échappait avec ivresse.

La femme idéale pour un homme qui ne voulait pas s'attacher. Pas femme au foyer, désordonnée, aventureuse dans ses choix, elle lassait des amants pourtant admiratifs, séduits justement par cet aspect différent des femmes sans avenir tracé, fougueuse, volontaire, jamais ennuyeuse, partante à la minute pour un cinéma, un théâtre, une nuit dans un hôtel peu luxueux.

Elle possédait l'ardeur et la volonté. Agathe ne trichait pas. Son métier lui plaisait. Le soir elle profitait de sa vie sans entraves mais obscurément elle savait qu'elle n'avait pas réussi à trouver l'amour durable. Il lui apparaissait comme un risque, une tourmente, une guêpe bourdonnante dont il faut se débarrasser, qu'elle appelait son égoïsme naturel.
Les hommes le sentaient. S'éloignaient après en avoir goûté.
Ses souvenirs déçus avaient pris le pas sur eux, esclaves vite englués dans leur quotidien sûr.

Les désirs cruels de l'adolescence, les silences de sa vie

solitaire, elle y songeait, elle observait le balcon vide juste avant de partir à son agence. Etrangement, il l'attirait.

Que faisait cet homme toute la journée, il y avait dans son immobilité comme un signe Il la fascinait, la rendait plus imprudente que d'habitude.

Avait-elle besoin d'un drame qui déjouerait ses combinaisons de femme libre ?

Un homme aux aguets, en attente, l'entraînait dans des rêveries dangereuses qui la réveillaient la nuit

La grosse brune devenait d'une fidélité sans ombrage, veilleur de nuit qu'aucune incongruité n'étonne.

Agathe, dépitée de ne rien trouver d'affolant dans cette histoire obsédante décida de jouer au tennis tout le week-end. Quand une pensée l'importunait, elle la chassait dans le sport.

Elle se trouverait bien un homme distrayant pour le repas du soir. Les sportifs ont souvent l'esprit ouvert et le rire facile. Elle en profiterait.

Hélène était devant la page blanche de son cahier. Une lycéenne au début d'une rédaction.

Agathe s'échappait, elle n'arrivait plus à cerner la rousse ensoleillée qui devenait ambiguë dans sa différence.
L'imaginaire d'Hélène était fluctuant comme les journées avec ou sans nuages.

Elle croyait avoir trouvé la sérénité avec un homme aux gestes ronds, à l'esprit carré, dans le circuit d'une vie normale.

Après avoir accompli ceux qui accompagnent une vie d'épouse et de mère, elle galopait derrière une image de femme insolite, insatiable, une invention qui finit par vous dépasser.

L'homme au balcon devenait un prétexte, le socle, l'amorce d'une féerie diabolique. Un homme qui sans doute se contentait de regarder la lune les pieds dans une bassine, incongru mais réel.

Si elle traversait le jardin sans romantisme, si elle allait sonner pour une raison quelconque, elle tomberait sur la femme brune, prudente, un genre de femme assassine par ses gestes effacés, si tièdes qu'on peut s'attendre à tout quand le vertige de l'inconnu la prend.

Comme moi, se dit Hélène devant la page morne comme un linceul.

Agathe allait s'y engloutir, désespérément étrangère si elle se contentait des fines rayures du soleil sur son port crépusculaire, sur ses bêtises de gamine devant des bateaux fourbus.

Il fallait qu'elle bouscule les farfadets de sa jeunesse, qu'elle se lâche, qu'elle se moque des réactions d'Antoine, qu'elle chahute les mots et ne craigne plus les abandons, la folie, le supplice des évènements qu'on n'espère plus.
Elle pataugeait, elle tournait son crayon dans tous les sens, elle souffrait, reconnaissait qu'elle avait envie de déchirer ces pages, de n'être qu'une Agathe qui aboierait vers le balcon d'en face.

Eh ! Vous ne pourriez pas regarder ailleurs ? Vous êtes vieux. Je ne suis personne. Je nettoie ma cuisine, je cuisine des petits plats sans goût. J'ai un mari idéal. Une femme réussie.

Dans le cahier, Agathe ne criait pas. Elle mijotait son évènement par des labyrinthes obscurs. Fuyante, sournoise, dissipée.
Elle n'était pas l'imprudente. Elle savourait la difficulté comme on savoure un bonbon acidulé.

Agathe sortait d'un ciel ombrageux où les gentils bateaux n'avaient rien à faire.

SUITE DU CAHIER D'HELENE

Ce n'est pas une question de vie ou de mort, mais Agathe est furieuse d'avoir acheté un peignoir multicolore pour ce barbon, plus trois géraniums à empoter sous ses yeux.
La fureur la rend plus intelligente et plus guerrière.
Elle décide d'écrire une sorte de nouvelle sans romantisme. L'idéal pour une libertine. Pas de résignation, pas de gestes suspects, de silences éperdus. On ne raconte pas les sentiments.

Elle a toujours eu la plume facile, les mots la dévorent, elle les canalise et en fait des boulettes à sa sauce.

L'homme du balcon porte une perruque, c'est une évidence. Ses cheveux blancs lui permettent de reluquer les femmes oranges qui plantent sur leurs terrasses.

Dans l'écriture, elle peut se déchaîner, elle dévalise les voyages qu'elle n'a jamais faits en des trombes d'aventures. Elle a été acceptée deux fois chez un éditeur de 3ème zone et a refusé tout net après avoir essayé les plus grands qu'elle traite de marchands de chaussures de luxe.

Depuis qu'elle a réorganisé l'homme aux cheveux blancs en espion authentique, elle a créé un être inattaquable, d'une belle laideur, d'une stature olympique. Il défie les plus beaux combats d'Agathe, sa lutte pour être la première en tout.

C'est un espion rusé, capable de se faire passer pour un tout à l'égout. Il ne fait qu'épier le ciel, contempler la naissance de l'aube aux franges de l'éveil, la stupidité des étoiles qui ne brillent pas assez pour éclairer les routes et les femmes imparables quand elles ont l'air de déplanter leurs géraniums.

Agathe commence à l'adorer. Elle projette même de lui écrire.

« Monsieur l'espion qui ne venez de nulle part, vos cheveux blancs sont ridicules, votre longue-vue n'intéresse que les idiots fous amoureux d'astronomie. Je n'en ai rien à faire de votre astronomie, votre immobilité est trahie par l'énorme brune tassée derrière vous, elle ressemble à une russe nourrie de vodka, elle vous apporte la bassine comme une esclave de service. Je parie que vous ne couchez pas avec elle, vous avez tort, Monsieur l'espion, une bonne grosse bourrée de seins avec des cheveux pas lavés, ça sent fort, ça ravigote. »

Agathe se délecte à imaginer des lettres de rage et d'admiration, car elle finit par l'admirer l'espion des lettres.

Plus question d'un tennisman chevronné beau parleur qui fait l'amour comme un pied et s'endort sur sa raquette.
L'espion sans nom, sans pays, spectre de nulle part, elle le façonne, lui met des yeux gris ferreux au bord du violet, un nez refait dix fois, peu de joues et peu de cou. Rentré en lui-même depuis des siècles, il observe, pèse, analyse, arrache une vérité au monde d'en face, celui d'un immeuble qui s'effrite et baille aux corneilles entre les hommes pressés du matin, les femmes à la cueillette des feuilles mortes dans leurs pantoufles.

« Monsieur l'espion vous êtes un as. C'est dans la banalité que vous découvrez le joyau le plus rapace, celui qui vous démembrera, vous jettera par-dessus bord ou fera de vous l'homme de sa vie et fichera à la Russe une baffe qui la fera tomber morte. »
Agathe en pleure de rire. Elle écrit dans une convulsion.

Elle s'éclate.
Au bureau, elle fait des ventes surclassées : « Et deux billets pour la Nouvelle Zélande » « Trois billets pour la Laponie ».Ça marche !.

Elle abandonne les restaurants, elle ne tombe plus dans les bras des hommes. Elle n'en a qu'un, ce faux vieillard d'opérette qu'elle transforme en magicien.

Hélène est descendue comme d'habitude sur le port dans un crépuscule voilé qui l'inspire.
Elle a pris une décision saugrenue.

Agathe la conduit avec un ton de menace. Si tu n'es pas Agathe, tu crèves.

Plus question de s'acheter un sandwich et de rêver au soleil couchant qui se moque des romantiques attitrées.
Elle reste debout sur le quai et attend que le gentil rouquin qu'elle a repéré plusieurs fois s'amène de son pas nonchalant, sac à dos, sandales éculées, naissance de barbe, l'œil à moitié fermé par la dernière mauvaise nuit.

Agathe la tenait au collet.
Hélène va vers le rouquin d'un pas étudié, tout aussi nonchalant.

Bonjour ! Je viens tous les jours voir votre bateau qui prend la mer.

La phrase est un peu onctueuse mais tant pis, elle n'en trouve pas d'autre.
J'ai remarqué, dit le rouquin, on vous connait à bord, vous mangez tous les jours un sandwich. Jambon fromage ?

Vous oubliez la tomate.

Il sourit, signe encourageant.

Voilà, a dit Hélène avec une précaution qui l'exaspère (Agathe se jetterait sur l'occasion). J'aimerais faire une balade en bateau avec vous, cela me tente depuis longtemps.

Il s'amuse. Aucune fille à l'horizon et Hélène n'est plus jeune.

Vous n'avez pas peur ?. C'est un ancien voilier, il est souvent désemparé, il faut s'accrocher.

Aucune importance, je préfère ça que les superbes bateaux de l'autre port. Votre bateau me plait beaucoup, il a de l'étoffe du passé.

Agathe n'aurait jamais parlé avec ces vieux mots un peu snobs. Hélène ne peut pas les étouffer, elle essaye d'être Agathe dans des gestes. C'est suffisant.

Je ne suis pas seul, je vais demander aux copains.

Il monte sur la passerelle qui expire avec l'aisance de la jeunesse et revient vite.

Elle n'a pas fait les cents pas. Plantée sur le quai, espérante comme une jeune fille avant d'être déflorée.

C'est d'accord, montez, crie le rouquin, on va décoller.

Il commence déjà à larguer les amarres. Hélène a une peur panique en franchissant la passerelle qui vagit, cahote de gauche à droite sous son poids léger.

Le rouquin ne lui tend même pas la main.
Elle aperçoit dans le carré deux ou trois têtes impassibles devant des bières. Le rouquin semble seul pour la manœuvre.

-Attrapez l'amarre, lui crie-t-il.

Elle l'attrape, vacille, l'enroule où il lui dit s'assied dans le cockpit avec l'impression que le mal de mer commence dès la sortie du port.
Elle n'a jamais mis le pied sur un bateau, jamais tenu d'amarre, elle ne sait pas comment s'asseoir et voit le rouquin sauter du quai avec facilité, il met le moteur en marche, évite les bateaux voisins de justesse, Hélène est sûre du choc mais on quitte le port, la mer les attend.

Une peur intense la prend à l'estomac, un vertige, la mer vue du quai est un abri pour le rêve. Là elle chahute le bateau, l'attrape à la gorge. La mer n'est plus qu'un vaste danger, elle a envie d'enfouir sa tête dans ses genoux, d'oublier Agathe, de rentrer, de tricoter devant le feu, jeter son cahier.

Le rouquin hisse la voile tout seul. A l'intérieur ils ont l'air inertes, endormis ou absents.
Ils ont trop bu, dit le rouquin, ce qui fait encore plus trembler Hélène.
Alors, vous êtes seul pour tout ?

Pas de problème, je connais le bateau, c'est un vieux copain.
Une première vague vient les cueillir. Hélène comprime son estomac.

Ce n'est rien, c'est un de ces cons de bateaux à moteur qui fait des remous.
Ça va durer longtemps ?

Il y aura des vagues au large, elles sont plus longues.
Il a arrêté le moteur, le bateau comme agacé, cherche son équilibre, Hélène chavire avec lui, elle se lève, s'agrippe au bastingage délabré sans un mot, elle vomit par-dessus bord, c'est venu très vite, elle n'y peut rien, on peut ne pas avoir le pied marin quand on se contente d'astiquer sa maison et d'attendre un mari.

Le rouquin vient vers elle.

Dites donc, ça n'a pas duré longtemps.

Elle en a plein son tee-shirt, des haricots et des patates au four d'hier soir.
Je vous apporte un verre d'eau, asseyez- vous, on ne va pas aller loin. On vous redépose sur le quai.

Oui, dit-elle d'une voix éteinte, je préfère. Elle pense avec désespoir à Agathe la rousse.

SUITE DU CAHIER D'HELENE

Agathe avait un désir fou de refaire du bateau avec une bande de joyeux drilles qu'elle avait repérée sur le port. Ils la distrairaient de son espion à perruque.

Elle fonça vers les quais se gara un peu n'importe où, tant pis pour l'amende. Elle voulait se prouver que non seulement au tennis ou à la pétanque elle était dans les premiers.
Mais avait-elle le pied marin, pouvait-elle défier la mer comme la vie ?
Elle aperçut le beau garçon roux trop baraqué qu'elle avait déjà vu trainer.

J'ai remarqué votre goêlette, dit-elle en riant, elle me donne une envie terrible de naviguer.

Voyez-vous ça, on risque une virée sur le port et on espère embarquer !
Elle a du corps, de la robe, elle me plait (de jolis mots pour lui plaire)

Mais pas de velouté, je vous préviens.
D'autres garçons et filles sont à bord, prêts à partir.
J'ai une invitée, dit le grand roux.

OK
Tout est bon pour ces marins de la nuit qui boivent et s'amusent en mer plutôt que dans les bistrots de marins ou la bière devient chère.
Agathe monte d'un pas vif et connaisseur. Les passerelles sont à son service. Même les plus déglinguées.
Elle saute dans le bateau, attrape l'amarre que lui tend le grand

baraqué, l'enroule vite fait.
Les autres sont ébahis.
On ne peut pas faire naufrage avec celle-là.

J'adore les naufrages dit Agathe, je reste jusqu'au bout « Les femmes et les enfants d'abord ».
Mais moi je reste.

Son défi est banal mais ils rigolent Le moteur vrombit.
Ah bon, dit Agathe, vous partez au moteur !
Allez ! on lui fait plaisir, on hisse la voile immédiatly.
Elle aide ravie. On effleure les autres bateaux, un vrai bonheur, le risque lui met du clignant aux yeux, cheveux en fronde elle leur demande si elle peut aller à l'avant quand le bateau plonge dans la première vague.
Vas-y la sirène.
Ils sont tous rentrés, ils doivent jouer aux cartes et se raconter les dernières histoires vicelardes du port.
Les vacances.
Seule Agathe attrape le premier vent du large, sa chevelure emmêlée lui bat la figure, sans se tenir, elle est droite, telle une impératrice et elle pense à l'espion d'en face. Cet homme l'attire sournoisement, elle prend des forces pour affronter l'ennemi comme elle veut séduire la mer, la
vague dont elle sent le mouvement dans tout son corps. Elle le séduira quitte à occire la russe imbibée de vodka,(qui sait si le bassin n'en est pas rempli) elle verrait bien l'espion les pieds dans l'alcool, imperturbable, l'ivresse lui monte le long des jambes et jusqu'au sexe. Il faut les prendre par le sexe.
Agathe, pas assez enivrée par la mer revient à l'arrière, crie au grand roux qui tient la barre dans le cokpit.
Vous n'auriez pas une vodka par hasard ? Il rit plus amusé encore.
Et ma barre ?

Vous me la donnez, je tiens le temps que vous voudrez à condition d'avoir un verre à la main.
Vous avez de la chance, la sirène, on en a. Ne nous emmenez tout de même pas en Corse.

Le verre à la main, elle épouse la mer, espère les vagues. Tambour battant, Agathe étripe de plus en plus son espion, l'ennemi qui la provoque.

Hélène a repris son cahier après être rentrée épuisée, s'être couchée et avoir confié à Antoine qu'elle avait fait une triste expérience de bateau.

Je te l'ai toujours dit, marmonne Antoine pas étonné, tu n'as pas le pied marin. Ne t'en fait pas, je me prépare une salade (cet excellent mari décidément la laisse en paix).
Et plus que jamais, dans un sommeil comateux, elle a songé à cette femme indomptable.

Maintenant elle écrit sur la terrasse. L'Agathe du bateau la ravit, la guérit même si elle l'envie furieusement.
Agathe la maintient dans l'aventure, elle peut lever son regard vers l'homme du balcon sans aucun scrupule limpide.
Il est debout, comme libéré de sa bassine, les yeux au loin, sans longue-vue, toujours immobile, ses cheveux blancs volent un peu dans la tendre brise de l'été.

Elle se demande ce qu'il regarde sur la façade de leur immeuble, si banale, avec quelques géraniums perdus qui tentent courageusement de survivre.
A son tour elle le guette, non comme une proie mais comme un prétexte.

Grâce à lui elle possède mille vies, elle devient une autre, passionnée, passionnante. Elle ne maitrise plus sa plume, les mots dévalent, son cahier n'est plus celui d'une débutante mais le royaume de l'insolite.

Agathe la tient, la détourne du réel, elle la rencontre au coin des rues, la nuit dernière elle a reconnu Agathe dans les bras d'Antoine, il la croyait écrasée pour la nuit, l'a tendrement effleurée. Hélène s'est réveillée, rousse et glorieuse elle s'est mise sur Antoine elle s'est permis des gestes d'une intense volupté, son corps flambait, Agathe embrassait Antoine, dévorait Antoine, le découvrait, triomphait.

Il a murmuré en se retournant aussi épuisé qu'elle :

- Continue à écrire, ma chérie, ça te fait du bien.

SUITE DU CAHIER D'HELENE

Grisée par la mer et la vodka, Agathe a invité les jeunes pour un verre dans le bistrot des marins.

Les deux filles et les deux garçons ont accepté. Ils admiraient cette femme qui avait barré sans flancher pendant trois heures et les avait ramenés au port avec une aisance surprenante.

Agathe avait une mine superbe, elle riait de bonheur, elle était en puissance. Elle les mena d'un pas rapide vers le bar, filles et garçons roucoulant bras dessus bras dessous, ravis de boire un pot à l'œil avec la belle audacieuse.

Vous savez prendre des risques, dit le rouquin en buvant sa bière.
La mer les avait assoiffés, ils en prendraient bien une seconde.
Ouais, dit la petite brune marrante et qui gagnait toujours aux cartes, vous naviguez comme un mec, j'ai même pas eu peur.
-
Surtout que tu as souvent peur, dit son copain en lui collant une bise dans le cou.
-
Avec vous je ne suis pas tranquille, vous êtes tout de même des amateurs.

Sauf moi, dit le rouquin, avouez que j'assure, je le connais depuis que je suis môme, ce raffiot, mon père m'a appris.

Parce qu'il a un père, même qu'il a du fric.

Ah dit Agathe qui s'en foutait royalement mais les trouvait à son goût, dans l'air du temps avec leurs jeans troués et leurs baskets délacés Et vivants Ils lui rendaient le goût de la jeunesse, elle en oubliait ses habituels sportifs du dimanche bons pour des week end sans surprises.

La radio cognait, le bar était envahi de barbus crevés par la mer et le soleil, la bière coulait La fille brune qui décidément lui plaisait, maline et curieuse, lui demandé avec gourmandise :
Vous faites quoi dans la vie ?

J'espionne, dit Agathe d'un bloc sans hésiter.
La bière aidant, ils ne furent pas surpris, plutôt ravis.
L'aventure continuait.
Ça ne m'étonne pas.

Vous n'êtes pas courante.
Ils rigolaient comme dans le bateau.
Alors, insista la brunette enragée, je suis sûre que c'est vrai.
Mais vous espionnez qui ?

Au bureau ? dit la blonde aux grands cheveux.
Impossible , dit le petit qui ne parlait jamais, c'est pas une femme de bureau.

Vous ne devinerez pas dit Agathe, très confidentielle.

Dans la rue.

Dans les jardins.

Dans les squares.

Sur les bateaux.

Ils s'esclaffèrent, tout de même un peu troublés, le bateau c'était leurs vacances, c'était leur vie.

Nous, on a rien à cacher, on est clean.

Agathe s'était commandé une vodka, elle ne mélangeait pas les alcools. Elle en but une gorgée avec lenteur, savourant leur curiosité.

J'espionne de mon balcon, dit-elle tranquillement. Ils attendaient la suite, l'œil réveillé.
Mais qui ?

Les gens d'en face. Je les surveille, ils ne sont pas nets, je les crois capables de tout.

Des criminels ?
Ils avaleraient n'importe quelle histoire impossible avec la deuxième bière.
Pas forcément. Peut-être.

Ils viennent d'où ?

Justement je veux le savoir, je veux tout savoir.

Je pensais que vous n'étiez pas comme les autres mais tout de même.

Oh si ! dit Agathe, parfois je manque d'idées, c'est un métier à risques, on vit en embuscade. Il faut de la patience. J'aimerais vous demander des conseils.

A nous ? dit le rouquin excité. J'ai lu plein de romans d'espionnage mais j'ai oublié.

Moi aussi, dit Agathe avec une certaine suffisance, mais ce n'est pas un roman.

C'est quoi alors ?

La réalité. Un homme sur son balcon lorgne ma terrasse, ma vie.

Elle rêve tout haut.

Il lorgne mes fleurs, mon réveil, mon mari qui rentre, il me suit pas à pas.

Qu'est-ce que vous lui avez fait ?

Je ne sais pas, j'attends. Je cherche une façon de m'introduire.

Il est amoureux, dit la blonde éperdue la tête sur l'épaule de son copain elle a déjà trop bu.

Un type moche, dit Agathe méprisante, et imbibée de triomphe, la vodka lui monte aux yeux.
Vous ne savez pas s'il est moche.

En tout cas il est suspect.

Vous nous raconterez la suite ?
La bière les exalte, Agathe en a marre, elle veut tout de même garder la suite pour elle, les laisser à leur artillerie de rigolades.

Si je reviens sur votre bateau.

Demain peut-être ?

Ou pas demain. Elle s'abrite, siffle sa dernière vodka et les quitte.
Elle n'a jamais conduit aussi vite, ravie d'enfreindre les lois elle chante dans sa voiture.

Hélène est retournée sur le port, forte de sa nuit voluptueuse avec Antoine. Dans la peau d'Agathe elle s'imagine à la barre, bavardant avec les jeunes qu'elle voit monter toujours aussi désinvoltes. Ils ne lui adressent pas la parole.
Elle regarde comme une petite bourgeoise, bien coiffée, bien sapée, qui rêvasse au bout du quai sans savoir franchir la passerelle.
Le ciel est bas, d'épais nuages s'annoncent à l'horizon, ils discutent sur le port.
Partiront. Partiront pas. Hélène a sorti son sandwich.
Agathe les retrouverait avec audace, les traiterait comme des copains. Ils auraient parlé de son histoire d'espion.
Elle est un peu folle, dirait l'un.
Moi je l'aime bien folle.
Tu crois que c'est vrai son bonhomme ?
Sûr. Il y a des gens comme ça, leur vie les embête alors ils surveillent Quoi ?
Ils surveillent tout. Ils ont peur de tout. Ils n'arrivent plus à vivre comme les autres.

Des égarés.

Hélène a hâte de retrouver son cahier. Avant cela, elle doit remonter à 30 à l'heure dans les embouteillages, penser au repas de ce soir, éplucher les légumes, repasser une chemise pour Antoine.

Tout traîne, elle n'a plus envie de ménage, de cuisine.

Agathe devait aller au restaurant, jouer au tennis en dehors de son travail qui la fait voyager. Elle est belle et insouciante.

Hélène commence à trouver sa vie poisseuse, étriquée. Agathe l'envahit comme une maladie dont elle a besoin. Son cahier la rassure, l'empêche de se figer dans ses habitudes qui tournent aux corvées.

Elle ne l'a même pas rangé. Il est sur la table de la terrasse comme un voyant qui s'allume dès qu'elle arrive.

En face, l'homme stationne à longueur de journée, le soir quand elle rentre du port, il a les pieds dans sa bassine, il semble lorgner un oiseau qui passe, c'est l'heure des étourneaux fous, ou un nuage bariolé. Mais ce n'est pas elle qu'il scrute, c'est Agathe dans son peignoir orange, Agathe à la rousseur déployée. La dévorante qui n'a peur de rien.

Elle lui prête les intentions les plus cruelles. Elle prépare son drame. Elle est capable de tout.

Hélène n'arrive pas à s'endormir. Antoine ronfle avec une vigueur innocente. Elle file sur la terrasse, allume une petite lampe qu'elle place contre le cahier, elle écrit comme on arpente le monde, avec passion. Il y a en elle un culte du quotidien qui s'effrite pour raviver des illusions, accepter que l'écriture transporte l'âme, rallume les lumières mises en veilleuse, souligne un cœur qui oubliait de s'abandonner. Antoine je t'aime mais je veux vivre. Agathe me guide au-dessus des toits, elle sublime les heures.

Que va-t-elle faire ?

SUITE DU CAHIER D'HELENE

Agathe s'est vite fatiguée des jeunes surexcités par la bière, seule le grand roux très marin avait trouvé grâce à ses yeux. La vodka et les embruns lui avaient raccourci l'esprit, elle ne comptait vraiment plus sur eux pour dénicher des idées dans sa griserie imaginaire, ou encercler mieux « l'espion du ciel ».

Libérée de l'alcool qui l'avait envahie comme un cyclone, elle réfléchissait intensément aux mille façons de s'introduire dans cet appartement devenu une obsession, en face de cet homme dont la longue chevelure n'était peut-être qu'une illusion.

L'illusion devenait sa raison de vivre. Au bureau, entre ses clients elle dessinait des balcons, des silhouettes immenses sur des cieux opaques qu'elle reprenait sur des coins de feuilles blanches.

Oui, elle avait l'intention de forcer la porte, de savoir quel était le mystère de ce long regard indiscret. Il lui fallait une histoire derrière cet homme, elle en tronçonnerait l'image, en ferait sa chose, sa volupté.

Maintenant elle se promenait dans le jardin moche comme si elle allait y planter une fleur.
Elle arrachait une plante affreuse, ne levait le nez que par hasard, s'insinuait dans la vie des balcons, nonchalamment avec une sorte d'ennui amusé.

Elle chercherait, trouverait des moyens subtils, surtout illicites. Sa vie désordonnée ne lui suffisait plus, il lui fallait un drame souterrain pour mieux braver l'existence.
Elle s'imaginait d'abord, avec une certaine modestie (ce qu'elle

appelait des petits moyens) poser sur le paillasson de l'appartement un sac de cailloux où il serait inscrit « dangereux ».

Et un mot ajouté :
« Méfiez-vous, je tire bien ».

C'était totalement insuffisant. Ridicule. Elle était très capable de tirer sur le balcon d'un coin bien étudié du jardin. La cible était parfaite.
Une cavité dans l'œil du regard hagard pouvait lui donner un certain plaisir. Mais la femme brune et potelée ramasserait le tout en allant acheter son pain. Elle lui cacherait le sac malveillant.
Cher ange gardien va !

D'autres suppositions venaient au fil des jours, l'impatience d'Agathe en faisait un tableau Cornélien.

La porte s'ouvre. Elle se présente telle une merveilleuse Juliette des jardins, décolleté large, jean moulé férocement, et que fait-elle dans cette entrée revernie, entre des tableaux à fleurs démodées et des meubles faux vieux style, elle sort une lettre du fameux corsage.
Une lettre de menace qu'elle leur lit avec délectation.
« Chère Madame, avez-vous également remarqué l'indiscrétion d'un homme sur son balcon ? Nous faisons circuler ce manifeste afin de le faire évacuer par le propriétaire de nos immeubles. Cet homme est un voyeur, il nous guette à chaque instant. Détruisons-le comme il nous détruit dans notre intimité ».
J'ai préféré vous prévenir, dit-elle, offrant à la brune habillée d'une robe triste, son décolleté et sa signature.
C'est vache mais assez menu, pourtant la brunette pourrait en faire un plongeon de surprise.

Elle en lâcherait sa bassine, l'eau coulerait sur le plancher reverni, inonderait les voisins du dessous. L'homme derrière, imperturbable, lui proposerait sa longue-vue pour inspecter les plaisir du voisinage.

L'image était belle mais Agathe se détestait dans ce projet digne d'une élève de $6^{\text{ème}}$ en peine de malice, Décidément, l'affaire n'était pas simple.

Hélène s'est effondrée près d'Antoine qui s'était tourné sur le côté. Il ronflait moins fort. Elle était épuisée par sa bagarre avec la passion d'Agathe. Elle se vidait de tous les silences de toutes les solitudes, des obstacles qui avaient obscurci sa vie. Agathe la poursuivait jour et nuit, flamboyante, érudite, douée. Sa vie à elle en devenait pathétique. Elle ne lisait plus, cultivait quelques fleurs, se forçait pour la gym, perdait même le goût de la cuisine. Demain il faudrait qu'elle soigne Antoine, qu'elle lui fasse un veau Orlov ou des magrets sauce au miel.
Le port la soutenait dans sa conquête et la vision de l'homme dès le matin fidèle comme un soldat arrimé à sa lorgnette. Elle y trouvait la confiance pour arracher au cahier des promesses.
Aujourd'hui les mots fusaient, enfin elle découvrait le délire de l'écriture, Agathe l'habitait, elle n'existait plus que pour cette femme hallucinée qui attisait sa vie.

Mais de quoi se plaignait-elle ? Antoine l'aimait, les journées tournaient, le port la nourrissait.

Aujourd'hui elle ne savait plus quel jour elle avait abandonné le nom des jours, des dates des heures elle écrivait, il fallait que le drame se perfectionne, s'arrondisse, s'alourdisse, qu'elle mène l'histoire par le bout de sa plume. Plus une heure sans folie ou instant grave sur le cahier, plus une carpette secouée sans un regard rivé sur le balcon d'en face avec les yeux

d'Agathe.
Pas de naufrage pour Agathe.
Elle se jugeait avec froideur et lucidité. Sa démarche peu élégante, la banalité de sa voix. Ce matin en achetant le pain pour Antoine, elle a entendu cette voix sans timbre. Elle se haïssait tellement qu'elle a cru être Agathe en commandant deux tartes aux fraises inondées de crème fraîche d'un ton ample et mordant. Agathe devait savoir chanter aussi, et marcher comme on danse.

Antoine est rentré. Hélène a hésité avant de lui dire de s'asseoir, de fumer une cigarette.
La troisième de la journée, tu m'y pousses, Il est prudent, il s'attend au pire.
Je voudrais te raconter le rêve terrifiant que j'ai fait la nuit dernière.

D'abord ma cigarette. Il s'assied, ne prend pas le journal, la regarde avec étonnement. Elle n'est pas maquillée, porte le vieux tee shirt rose, une couleur qu'il n'aime pas, les cheveux sales et hargneux, elle n'a pas eu le temps de les laver.

Agathe ?
Antoine est vite sur le coup.
J'ai fait un cauchemar la nuit dernière.

Encore ! Elle t'a tuée, tranchée en fines lamelles et mise dans un pot de confiture. Non, elle a tiré sur le voisin.

Antoine écoute ! Elle m'invitait chez elle, juste un mot dans la boîte aux lettres « Je suis Agathe, je vous attends, dînons ensemble ».

Je n'ai pas hésité, Antoine, j'ai couru jusqu'à l'immeuble d'à côté, dans mon rêve j'avais mis la robe rouge que tu connais, assez décolletée.

Je connais, celle où tes seins peuvent créer l'émeute, donc tu la provoquais.
Pas du tout. J'y allais en femme élégante et dans le vent. C'est tout.

Bon, dit Antoine, définitivement patient.

Elle m'a ouvert et j'ai cru voir un fantôme de celle que j'imagine. Elle était énorme, sans taille, affublée d'une espèce de salopette verdâtre et d'une chemise blanche avec un col gras. Une poitrine opulente sans soutien-gorge, le visage boursouflé. Et bizarrement des chaussures violettes à talons.

Tiens.

Ne souris pas, c'était dément. Pas du tout la femme de mon cahier, une inconnue maléfique d'une courtoisie mielleuse, comme enduite de charité, sautillante et criarde, m'entrainant par l'épaule, me maintenant comme une charmante et pire amie. Je voulais repartir, revenir vers la clarté, le calme, mon illusion.

Ce n'était qu'un cauchemar, dit Antoine très mec.

Ne m'interrompt pas s'il te plait. Un cauchemar devient réel dans la nuit, tu en crèves, il devient ton esprit, ta chair.

Tu n'as pas crié je l'aurais entendu.

Elle avait mis une table digne d'une reine, toute la sauce. Verres en cristal, carafe ciselée, nappe brodée or, elle m'en fichait plein la vue, même grosse et moche, totalement absente de mon cahier.

Dommage.

Elle m'a assise avec force et m'a apporté une sorte de dry bourré de martini blanc de vodka et je ne sais quoi encore, du puissant à ébranler un Irlandais qu'elle secouait comme une furie.

Bravo !

Je l'ai bu, j'en ai bu trois, elle remplissait mon verre, elle me surveillait avec ses cheveux d'une couleur mauvaise attachés lourdement, des mèches furibardes comme des serpents dégringolaient.

Tu romances non ?

On ne romance pas un cauchemar. Alors elle m'a forcée à avaler un repas pantagruélique.
C'était quoi ? Antoine s'intéressait vraiment.

Des viandes et des poissons avec des saucières de liquides grumeleux qu'elle entassait dans mon assiette.
Tu as bien mangé ? Antoine a faim, quelques viandes ne l'embarrasseraient pas.

J'ai mangé à m'en éclater, je n'avais pas le temps de mâcher. Un enfer. Elle empilait tout dans mon assiette, elle me disait : « Profitez-en, il n'y en a plus pour longtemps ». J'ai été vomir. Quand je suis revenue elle préparait des gâteaux monstrueux couverts de crème fouettée.

Comme chez ta grand'mère.

Je poussais dans ma bouche les épaves du gâteau ébréché, la crème dégoulinait sur son menton et sur le mien.

J'ai pris quelques kilos et j'aimerais que vous me suiviez, charmante voisine, vous êtes trop maigre, vos toilettes ridicules couvrent de honte le quartier.
La bouche pleine comme je le pouvais je commençais à mugir, à tousser, elle est venue me taper dans le dos.
Toussez, ça passera mieux.
Toussant comme une damnée, je regardais son salon, ses meubles d'un noir hideux, des tableaux décrochés, par terre comme si elle allait fuir, j'en ai vu un grand, d'un bleu minéral avec une femme désarticulée dans les bras d'un barbu.
Intéressant, dit Antoine toujours affamé à l'idée des viandes.

Elle a compris que j'essayais de me distraire, elle s'est assise et m'a fixée d'un regard cru.
Et maintenant du sérieux, ma petite, du consistant. Tout ça c'est de la bagatelle.

Je m'y attendais, dit Antoine.
Qu'est-ce qu'on fait du vieux ?

Rien, ai-je dit plaintivement. On le laisse vivre. On se couche. On leur fiche la paix.

Ah non ! Vous croyez vous en tirer à bon compte ! J'ai un fusil de chasse et c'est vous qui allez....
Jamais !
J'ai failli vomir une deuxième fois.
Minute ma petite ! On se croit forte et on est fragile comme un roseau.

Là tu en rajoutes, dit Antoine, sacrée écrivaine !

Je te jure Antoine, dans mon cauchemar elle m'a trainée jusqu'au balcon, elle m'a apporté le fusil, elle m'a appris à viser.
Il était là le bonhomme ?

Sûr ! j'ai dit à la grosse Agathe que dans mon élan j'allais passer par-dessus bord. Je me connais.
Elle a ri méchamment.
Eh bien vous tomberez dans le jardin comme une fleur livide.

Morte !
En plus je me sentais pleine à craquer de son festin barbare.
On s'en fiche. C'est lui qui doit crever. Depuis qu'il est là j'ai pris 20 kilos. On va le massacrer.
Elle m'a donné un fusil, elle m'a montré, j'ai essayé de tirer, j'ai entendu un seul coup et je suis tombée dans le jardin. Ça m'a réveillée.
Et tu n'étais pas morte. Ma pauvre chérie, il est grand temps que tu prennes un whisky pour te détendre.
Il se lève, va chercher deux verres, prend des glaçons, lui sert un copieux scotch.
Les joues d'Hélène sont en feu, le souvenir du cauchemar l'embrase encore.
Antoine est câlin.

- Bois, ma chérie, répare ta nuit.
- Merci, merci. Mais Antoine, dans le cahier l'histoire n'est pas finie.

SUITE DU CAHIER D'HELENE

Agathe vitupère.
Ce matin, au bureau, elle engueule son voisin pour un crayon mal taillé, une gomme perdue. Elle n'a plus qu'un instinct de bataille. Il faut qu'elle trouve des faits, des actes répréhensibles et forts pour
« accoster » comme elle dit, cet homme venu d'ailleurs, égaré dans ses visions d'en face. Sa vie est gravement perturbée. Une violence la dompte.
Toujours limpide.
Cette nuit, elle a relu une biographie de Zola pour se mettre en bouche des paroles gratifiantes. Un passage l'a jetée dans la confusion des hasards. Zola, disait-on, guettait sa maitresse, Jeanne, derrière des jumelles, elle en possédait aussi, leurs rues étaient voisines, de fenêtre en fenêtre, les amoureux conversaient par les yeux. La femme de Zola découvrit la trahison et on entendit dans la rue les éclats de voix venues de leur chambre éclairée.

Des insultes.
La passion de Zola l'enchante, les jumelles lui rappellent cette longue-vue qui pénètre dans sa vie intime.
Plus de balade à poil sur la terrasse avec un amant de fortune, plus d'étirement joyeux à l'aube, de cigarette succulée avant de partir au bureau.
Le roman de Zola la poursuit, elle rentre chez elle en claquant la porte, elle est une sorte de Madame Zola qui mijote ses vengeances, des coups montés. Elle sort son papier à lettres et entame des brouillons.
« Madame, votre mari vous a trompée. Décidément vous ne

voyez rien ou vous ne voulez pas voir.

Depuis des mois, nous nous adorons, nous nous épions par des chemins trop tortueux pour vous.
N'ayez aucune pitié, ne l'épargnez plus, il est dans vos mains comme un coq en pâte. S'il ne vous choisit pas, tuez le à petits feux, il le mérite, c'est un menteur né.
Elle ne met tout de même pas « A bon entendeur salut », un rire la gagne toute entière, elle n'a plus d'enveloppe, une rage la prend, ce genre de lettre ne mérite pas d'attendre.

La vodka de la veille l'a mise en soif, elle se sert un double whisky. La lettre est sous ses yeux, une heure plus tard, elle lui paraît insignifiante et lourde. Un moyen usuel pour mettre la pagaille sans résultat.

Le verre à la main, sa force déployée, son grand peignoir orange ouvert sur une chemise de nuit d'un blanc de madone, elle affronte la terrasse vertigineuse de la nuit. De l'autre côté la chevelure argentée semble étourdir les étoiles qui s'effacent une à une, le ciel de juin est secoué d'ombres, elle voudrait qu'une onde passagère plaque sur elle son peignoir d'amazone, qu'elle soit nue dans cette menace du ciel, qu'il l'aperçoive et qu'il en meurt.

Hélène a compris ce qu'est la fièvre de l'écriture traversée de brèves périodes paresseuses où les mots semblent des poissons qu'il faut ferrer au bon moment, ils s'échappent et perdent leur miracle. Elle les attrape comme elle peut, quand elle peut.
Le temps de l'ennui ne comptait plus, il battait à sa porte.
Quand elle n'écrit pas, elle rêve dans le fauteuil sur la terrasse. Son rêve prend de l'allure, des silhouettes s'annoncent, des irruptions, un torrent où le cahier semble nager par brasses vigoureuses. Elle devra s'en acheter un autre.

Elle veut qu'Agathe reste unique.
Ses divagations ne se dissipent qu'avec Antoine.
Quand il rentre il la trouve décoiffée avec le même tee shirt pas propre.
Mon poussin l'écriture te mange ! Tu n'as pas été sur le port aujourd'hui ?
Elle pose la tête sur son épaule.
Je découvre, si tu savais ce qu'on devient quand on écrit.

Ton Agathe est plus forte que toi, c'est bien, à condition qu'elle ne te change pas.

A voir ! Antoine tu m'emmènes au restaurant,

Lave-toi d'abord, dit-il allégrement. Un très bon restaurant ?

Nappes en papier et petites lampes, comme tu les aimes.

Evidemment un restaurant du port.

Merci Antoine.
Elle s'est passé un jean convenable et un haut ravageur. On est en juin, c'est la mode.
Sans hésitation, Antoine s'est garé pas trop loin du restaurant des marins. Il la sent tout à coup heureuse, presque évaporée.
En passant devant le bar, elle a tout de suite reconnu l'équipe du bateau. Elle attend d'être installée pour parler d'eux à Antoine.

Tu vois le grand rouquin à peau-blanche-qui-rougit ? C'est le capitaine du bateau, il m'a sauvée des vomissements. C'est un as !

Un bon bateau, dit Antoine. Il joue très bien les conquis.

Un vieux raffiot qui appartenait à son père, tu verrais la passerelle et les amarres.

Tu as d'autant plus d'excuses, ma chérie.

Antoine, ne sois pas trop bon.

Je suis bon pour moi, je m'offre un château-Margot, décidément.
Maintenant on trouve du bon vin partout. Et puis, je ne te vois pas tous les jours, ma petite Hélène.

Elle ne veut pas sentir l'ironie. Dieu qu'elle est banale et mesquine auprès d'un mari aussi attentif.
Tu m'aimes trop Antoine.

Alors de quoi se plaint-on ? Au fait, ta belle Agathe avance ?.
Surtout oublie ton cauchemar.

Ils ont beaucoup bu. C'était une soirée chatoyante.

SUITE DU CAHIER D'HELENE

Agathe a décidé d'inviter au restaurant un voisin de travail, ex amant déçu. Elle a parfois des largesses inattendues et somptueuses et aime en mettre plein la vue à ses copains de boulot.
On va se payer des huitres et du champagne.

Je te reconnais, ma douce, l'art et le luxe !

Tu oublies le sport.
Elle a envie de discuter en buvant une coupe, de réfléchir avec gaieté comme si le temps suspendait sa hargne. Son copain est un brave type pas idiot et surtout pas rancunier. Un des seuls qui la batte au tennis. Elle a pour lui un certain respect.

Le restaurant a des nappes brodées et vieillottes, une armée de verres tulipe pour le vin, les rideaux sont festonnés, le plafond a l'air de se raidir sous des poutres en bois faux-vieux-neuf tout ce qu'elle aime et déteste, le confort et le mauvais goût et elle sait que Robin est enchanté.
Agathe est sublime. Le champagne lui vernit les yeux et flatte sa chevelure ardente, sa robe est d'un rose vif chaleureux comme dans les romans américains. Elle dégage. Elle a mis le ravissant bracelet montre que Robin lui a offert il y a trois ans.
Tu es belle et tu peux être gentille.

Ou fielleuse. Tu le sais.

Pourquoi tu restes seule ?

Parce que je suis plantée dans la vie et j'ai des branches

capricieuses.

Un arbre à fruits capiteux, dit Robin titillé par le champagne.

Mon cher, dit Agathe en suçotant ses huitres, je me balade dans une histoire infernale qui va mal finir.

Un amoureux invincible ?
Elle l'a toujours distrait des jeunes filles romantiques qui lui récitent des mots idiots pendant l'amour.

Un homme aux cheveux d'argent sur le balcon d'en face.
Tu m'étonnes. Pourquoi lui en veux-tu ?

Il m'épie. Il passe sa vie à m'épier.

Je le comprends.

Robin ne ris pas. Cet homme est dangereux. Il me guette jour et nuit au bout de sa longue-vue.

Parce qu'en plus il a des jumelles !.

Mieux que ça. Une sorte d'énorme lorgnette qui doit éplucher tous les morceaux de ma vie.
Dommage qu'il soit vieux, il a de la chance !

Pas très vieux. Sans âge.
Agathe se tait, termine ses huitres. Robin attend. Il est là pour l'écouter, elle le transporte.
Dieu qu'elle le distrait.

Je veux trouver un moyen de l'effacer, dit-elle en s'attaquant à une énorme tarte aux fraises.

Quelque chose de sournois pour le faire fuir, fermer ce foutu balcon.
Il est seul ?

Il a une femme à sa botte, une grosse brune qui lui apporte des bassines d'eau, elle titube, elle doit être Russe ou je ne sais quoi, bourrée de vodka sans doute.

Des bassines ...

Pour mettre ses pieds. J'imagine qu'il a de vieux cors aux pieds.

Une femme moche et grosse qui boit de la vodka, évidemment tu ne la gâtes pas. La bassine d'eau je crois que tu l'inventes.
Je n'invente rien, dit Agathe avec un grand coup de doigts dans ses mèches sauvagement étudiées.

Qu'est-ce que tu me conseilles ? Nous sommes en plein roman policier, je suis possédée.

Faut croire que tu t'embêtes.

Il est parfois vulgaire et limité, Robin, elle regrette presque le dîner dans un luxueux restaurant de mauvais goût.
Tue-le.

Je n'ai pas envie d'aller en taule.

Tue-le moralement. Je connais tes noires énergies.

Je ne trouve que des solutions ridicules.

Toi qui tires remarquablement, envoie des cailloux acérés, ou

arrange-toi pour qu'il boive du poison, un petit sachet dans un bon whisky. Un conseil d'ami, n'y va pas de main morte.
Agathe lui est reconnaissante de son attention mais tout cela lui paraît dangereux et elle reste prisonnière, pas sulfureuse.
Va sonner, tu lui apportes un champagne de fête, tu lui fiches une trempe, la peur de sa vie, il peut en crever. On appelle la police, c'est lui qui est un voyeur, c'est lui qui ira en taule.

J'ai horreur de la police et des militaires, de tous les moyens forts.

Une histoire de quartier. Organise un barrage, une vaste manif.

Pareil. Un moyen fort.
Robin en devient pensif, il va beaucoup au cinéma.
Parfois j'en rêve, dit Agathe après sa troisième coupe de champagne.

Ou alors il est fauché par un orage impromptu, en plein voyeurisme.

Mais il faut attendre l'orage.

Ils rient comme des gosses. Agathe utilise sa beauté de plus en plus arrosée. Robin retrouve une fille marrante et chamarrée. Est-ce qu'elle invente cette histoire ? Elle doit s'ennuyer ferme.

Tu fais de bonnes affaires au bureau, tu n'as pas besoin de t'aventurer trop.

Tu crois que les photos des Caraïbes ça me suffit !
Tu voyages de ton balcon.

Tu as tout compris. Serais-tu malin ?

Robin ne sait pas si elle se moque et il aime ses paradoxes. Ils repartent bras dessus dessous après avoir payé une note faramineuse.
Tes hanches dit Robin, sont décidément plus que capricieuses.

Elles sont meurtrières, dit-elle avec le sérieux de ceux qui ont trop bu.

SUITE DU CAHIER D'HELENE

La danse érotique avec Robin fut rapide et sans enchantement, la verdeur du champagne ne lui avait donné qu'une audace éphémère.
Agathe ressentit à nouveau des instincts de meurtre quand il se retourna en gémissant pour son dos et se mit à ronfler en cadence jusqu'au moment où il s'enfuirait. Elle ferait semblant de dormir pour ne rien voir de ce départ coupable.
Elle réfléchissait au moyen de faire taire ce ronflement satisfait, étrangler le mauvais sort d'un bas serré comme dans les crimes parfaits jusqu'au visage bleu.
Elle pariait qu'il continuerait à dormir béatement ou ne s'éveillerait que pour lui demander « Pourquoi ? »

Robin la maintenait dans sa recherche. Se débarrasser de l'homme d'en face.

Tous les moyens lui semblaient trop littéraires, trop avantageux pour une bagarre de quartier. Elle entretenait en elle un feu continu. Ses éclats de rage la soutenaient, l'entraînaient hors du quotidien. Sa beauté, sa volupté d'intrigante ne l'exaltaient pas, ne la menaient pas jusqu'au bout d'elle-même. Il n'y avait aucun râle, aucun cri dans sa vie. Même l'amour lui était refusé, celui qui n'aboutit jamais, celui
qui n'est plus un jeu mais une escalade sans fin.
Cet homme d'en face n'était-il pas finalement un appel au secours, une main qui se tendait dans sa vie blanche.
Elle décida d'aller sur sa terrasse, Robin n'ouvrait pas l'œil, s'il l'ouvrait elle lui balancerait ses chaussures à la figure.
En accord avec ses débordements nocturnes, la lune était pleine

et magique. Elle lui plaisait.

Agathe le vit immédiatement, la lune l'avait dû l'attirer lui-aussi, le sortir de son lit où la grosse brune s'étalait comme Robin. Il n'était qu'une ombre mais ses cheveux blancs très éclairés tranchaient sur la nuit du jardin. Les arbres, comme hallucinés, ne prenaient pas le risque de bouger. C'était ce qu'on appelle une belle nuit de juin.
Elle mit son peignoir orange sur sa chemise blanche et transparente faite pour attiser Robin-au-lit-dormant, et doucement, lentement, comme pour commettre un crime, elle ouvrit sa porte, prit l'ascenseur et descendit.

Une ronde diabolique sur la triste pelouse suffirait à lui rompre le cœur.
A moins qu'il ne se penche dangereusement pour la saisir.

Hélène négligeant la gentillesse d'Antoine, se leva.
Agathe l'avalait. Sa courte chevelure blonde l'auréolait, différente, comme indulgente mais Agathe la tenait par le corps et le cœur.

Enragée après la nuit avec Robin qu'elle avait écrite d'une plume sans aucun frein, elle vit l'homme comme un dieu du ciel. Même pas surprenant.
Il lui envoyait un signe, il appelait une Agathe frénétique, sublimée par la nuit d'été.

Hélène appela l'ascenseur avec sa maladresse habituelle. Elle se trompa d'étage, remonta, remit le rez-de-chaussée. Elle était pieds nus dans sa chemise de nuit rose à fleur serrée autour du cou parce qu'elle était frileuse. « Ta chemise de nuit de nonne » disait Antoine, mais Agathe l'enveloppait encore de son peignoir orange, elle ouvrit la porte du jardin où la pelouse

extasiée par la lune soupirait, où les arbres effarouchés la prenaient aux épaules, l'entraînaient dans un conte extravaguant.
Elle avançait sur l'herbe tiède.

L'homme n'avait pas bougé. Il continuait à lorgner cette forme étrange.
Elle s'arrêta à la lisière d'un arbre, juste assez pour qu'il la suive et très lentement, Comme Agathe, tout à fait comme Agathe, ensorcelée par la présence immortelle d'une statue nocturne, elle enleva sa chemise de nuit.
Maladroite mais vibrante, isolée dans sa nudité, comme soulevée par l'inconnu, elle se mit à danser en des cercles inlassables. Son corps très blanc, plus nu encore sous la lune, faillit tomber plusieurs fois, heurtait les branches basses. Elle dansait mal. La lune l'embellissait, la transportait, elle tendait les bras, écartait la lumière qui aurait pu l'aveugler, trébuchait, reprenait sa danse en rondes bizarres, effrénées.
Il n'y avait plus d'écriture, de pages serrées, imprudentes.
Elle était Agathe. Elle dansait mal, elle chantait mal, elle était petite et sans importance.
Sur l'herbe silencieuse, pliée, étourdie sous ses pas qui la violaient, elle était Agathe, sans pitié pour elle-même ni pour les autres, provocante, intrépide.

Elle dérivait. Sans souci. Sans remord. Elle terminait le cahier.
La lune dévoilait son corps indicible, le corps d'Agathe traversé de toutes les lubies du monde, de tous les bonheurs inventés, de toutes les extravagances, un corps tout puissant capable de faire sombrer la statue comme la proue d'un voilier plongé dans la vague.
Elle entendit une porte claquer, un bruit sec dans la nuit éperdue. L'homme avait disparu.
Hélène comme abandonnée se recroquevilla, petite ombre

rétrécie et pâle.
Elle appelait doucement Antoine, sans désespoir, d'une voix tendre, apaisée, chantante.

Il était derrière elle, il avait pressenti la place vide à côté de lui, sur la terrasse. Il avait vu le cahier fermé, jeté sur le sol.
Il l'avait suivie à la trace et maintenant il l'enveloppait d'une couverture, la serrait contre lui.

« Dance for love » chuchotait-elle dans son anglais enfantin et Antoine murmurait « Tu n'es plus Agathe, ma chérie, Agathe c'est terminé ».

« Il est parti » dit-elle encore.

Le lendemain, Antoine commença sa journée plus tard.
Il contourna l'immeuble d'en face et sonna à l'étage convenu.
Une femme brune lui ouvrit. L'homme était derrière. Il souriait.
Excusez-moi, dit Antoine, mais votre longue-vue dérange beaucoup ma femme.

Il ne faut pas lui en vouloir, dit la brune, il a pris sa retraite, il était aiguilleur du ciel à l'aéroport. Il continue à le surveiller.

Ah, dit Antoine.

Il retourna voir Hélène.
L'homme, là-haut, souriait toujours.

© Sudarenes Editions
Dépôt Légal : Septembre 2015
www.sudarenes.com